U0600492

今夜 **倚马** 而来

The memory of
the moonlight horse

邹进◎著

光明日报出版社

图书在版编目（ＣＩＰ）数据

　　今夜倚马而来 ／ 邹进著．—北京：光明日报出版社，
2013.12
　　ISBN 978-7-5112-5583-9

　　Ⅰ．①今… Ⅱ．①邹… Ⅲ．①诗集－中国－当代
Ⅳ．① I227

　　中国版本图书馆 CIP 数据核字（2013）第 271778 号

今夜倚马而来

著　　者：邹　进著	
责任编辑：杨　茹	责任校对：傅泉泽
封面设计：张金花	责任印制：曹　净

出版发行：光明日报出版社

地　　址：北京市东城区珠市口东大街 5 号，100062

电　　话：010-67078231（咨询），67078870（发行），67078235（邮购）

传　　真：010-67078227，67078255

网　　址：http://book.gmw.cn

E-m a i l：gmcbs@gmw.cn yrranyi@126.com

法律顾问：北京天驰洪范律师事务所徐波律师

印　　刷：北京毅峰迅捷印刷有限公司

装　　订：北京毅峰迅捷印刷有限公司

本书如有破损、缺页、装订错误，请与本社联系调换

开　　本：889×1194 1/32	
字　　数：93 千字	印　张：6
版　　次：2013 年 12 月第 1 版	印　次：2013 年 12 月第 1 次印刷
书　　号：ISBN 978-7-5112-5583-9	
定　　价：35.00 元	

版权所有　翻印必究

邹 进

　　有诗集三种：《为美丽的风景而忧伤》，《它的翅膀硕大无形，一边是白昼，一边是黑夜》，《坠落在四月的黄昏》。与霍用灵合编《情绪与感觉——新生代诗选》。

诗的解析

邹 进

　　看过一篇小说，读者感受可能是"真有意思"，或是"真没意思"，读诗之后永远不会这么说，只会说"真美"，"没看懂"这样的语言。读者好像永远都在隔岸观火。

　　看小说很少有看多少遍的，记住一个故事和几个人物就可以了。诗却不然，它没有什么是要让人记住的，只是一种体验。可能读后就忘了，只记住了几个句子，再读的时候那意象依旧新鲜，那象征依然让人费解，那隐喻的所指因体验而不同。

　　没有人说自己是作家，但许多人标榜自己是诗人，这是什么现象？可能他们年轻时写过几首诗，还说得过去，或者他们比较性情，有诗人气质。诗人有什么气质呢？我就没什么气质，工作按部就班，生意斤斤计较，不爱聚会，不爱旅游，下了班回家，只喝酒不抽烟，像个文人，不怎么像诗人。诗人还是看作品。如果读了邹进的诗，不会怀疑他是诗人。

诗人隐藏在社会面貌之下，让人觉得很普通，毫无创意，甚至猥琐，但他一旦进入境界，便焕然一新。诗人毫不特殊，只有假装的诗人才特殊。诗人可以是专门写作的那些人（很少），可以是偶尔写作的那些人，有自己的公职和营生。但诗人都是千锤百炼的人，诗人品质高低，要看他语言锻炼的程度。

诗是不是太简单了，谁都可以写，谁都可以碰巧唱出"山雨欲来风满楼"的绝句？诗人最容易被模仿，写诗的人因而沾沾自喜，以为诗人不过如此。

作家可以是职业，诗人好像永远当不了职业。

诗人的工作是唤起读者的个人经验。不要以为诗人是在自娱自乐。唤起陌生人的个人经验，不是靠猜测诗人的经历，再去诠释作品。唤起经验，或说是唤醒我们头脑中那部分灵感和诗性。

诗人的表现方式各有不同，不要以其表现方法评判其高下，那是时尚的观念。有的诗人用意象，有的用象征，有的诗人完全不用意象，好像直来直去，每一句都是白话。但你记住，他不是在重复你说的话。

诗不是叙述语言，跟小说、散文、戏剧不一样，本质上更接近音乐、绘画、舞蹈。但诗用的是词语，词语本身有含义，很容易把读者引到词语的意义上。诗人在回答"什么是诗"的时候，大都会感到困难，力不从心。小说没有这个问题，它总会有一个故事支撑，读者评价这个故事讲得好还是不好。诗则不然，一段分行的文字可能没有任何诗的因子。很多诗人试图用创作实践解答这个问题，所以有了现代派，意象派，象征派，朦胧诗派等等，诗没有这种种分歧，创作方法因人而异。诗的派还是人以群分物以类聚，以诗会友，意气相投而成派，如建安诗派、桐城派、湖畔派、七月派、今天诗社、赤子心诗社等等。

　　诗需要最大化地把词语变成材料，泛化词语本身的含义。产生一对多、多对多的关系，自我才能隐藏，变成泛我，诗人并不是要让读者了解自己，有精神病倾向的人才会这样做。诗人关注读者的经验，或说普世的情感。

　　诗人有两套语言系统，就像懂外语的人，随时可以切换到另一个语境。当诗人回到生活中来，常常不相信那是自己写出的东西。他甚至会崇拜自己，产生自恋情节。

　　诗人是一群狡猾的人，他不说什么，甚至不知道自己在说什么，却要让读者看懂，还在一旁讥笑，以其昏昏，使人昭昭。

一百多年来，在一百多位获得诺贝尔文学奖的人里面，居然有三分之一是诗人，最近获得诺奖的诗人是瑞典的特朗斯特罗姆，2011年获奖，比莫言早一年。这就让人有些不解，现在还有人读诗吗？诗集还有人买吗？怎么，诗人还会得到如此之高的荣誉？人们不知道的是，诗离内心最近。虽然我们看不到自己的心，当闭上眼，把手放在胸口，发现它就在那里。于是我们说，构成人类的，一定有一群诗人，这是很小的一群人，就像心脏很小，尽管看不见，但他们始终居于中心的位置。

诗人是在人的内心行走的那些人，是走夜路的那些人。诗人在内心里，是极其自由的人。诗人是给所有人铺设的一条抵达内心的路，那是一个无从抵达，却要抵达的无人之境。

诗人是一座教堂，是心的住所。

牧师显得伟大，其实是平凡的人，他假上帝之口教诲信徒。诗人显得平常，但他注定要伟大，他自己就是上帝。

诗是一种无所适从的经验，总是让人意想不到，让人突然发现自己。读者完全不知道诗人下一句会写什么，一首诗什么时候结束。诗人好像很随意，像个漫无目的的旅行家，走到哪儿算哪儿，任何一地都可借宿，任何一时都可启程。诗又是一种凄美的、智慧的、宗教的经验，让不谙世故的，或阅尽沧桑的人们，都能从中获取人类不可或缺的关于美，关于智慧，关于心灵的经验。

诗
的
解
析
·

对岸的身影

透过云层（之一）

透过云层

吾辈各自张望自己的星星

母亲，那是汝给吾做的记号

像屁股上的胎记

怕吾在宇宙中迷失

没有了信号

亲爱的人

汝已经为吾做了很多

当吾辈构建一所房子的时候

汝的内心正在坍塌

再也没有苦尽甘来

一切心照不宣

一束光在子宫里

十个月后变成了吾

出鞘的剑，带着血污

第一剑就给汝留下伤口

汝注定要隐忍一生

汝不想再忍受了

如果吾幸福，将永远幸福

如果痛苦，也会永远痛苦

汝跟吾讲，残酷世界上

最可靠的人永远是自己

只有汝，哪怕在病榻上

也让吾感到依靠

吾爱汝，汝知否？

吾知汝恋恋不舍

汝将远行

吾只能在石头上留下记号

遥远的一声呻吟

永远藏在知觉里

透过云层（之二）

透过云层

我们各自张望自己的星星

母亲，那是你给我做的记号

像屁股上的胎记

怕我在宇宙中迷失

没有了信号

亲爱的妈妈

你已经为我做了很多

当我们构建一所房子的时候

你的内心正在坍塌

再也没有苦尽甘来

你我都心照不宣

一束光在子宫里
十个月后变成了我
出鞘的剑，带着血污
第一剑就给你留下伤口
你注定要隐忍一生
你不想再忍受了

如果我幸福，将永远幸福
如果痛苦，也会永远痛苦
你对我讲，残酷世界上
最可靠的人永远是自己
只有你，哪怕在病榻上
也让我感到依靠

我爱你，你知否？
我知道你恋恋不舍
你将远行
我只能在石头上留下记号
遥远的一声呻吟
永远藏在知觉里

今夜倚马而来

·

此刻，她，与上帝

此刻，她

在跟上帝说话

上帝耐心地听着，从不打断

一边下着小雪

只有上帝听得明白

她说的是什么

只有上帝知道

她想说什么

她的身体轻盈起来

是上帝叫她去

一个向上的力量

让她飘浮

此时

我看见一条船

在等待将她摆渡

一点点流逝

一点点蒸发

变成记忆

变成怀念

干枯的河床　干枯了

变成一副骨架

一只空船

系在时针之上

那只古老的闹钟

被一个孩子拿在手上

在没有水的河面

打了水漂

她

开始飞翔

飞过千山万水

奔向她的出生地

投入襁褓之中

如同迷失在人群里

无法将她找回

现在，她要睡了

每一盏路灯都为她点亮

她睡着的时候

我给她盖上一片彩云

忧伤的底色

肝病房泛黄

肾病房显黑

高血压病房是红色的

血液病房是白色的

黄是黄疸

黑是废物沉积

红，是毛细血管扩张

白，是流逝

对着想象中的镜子

千百次地梳妆

在一张调色板上

反复调解这几种颜色

底色是忧伤的

黄里显黑

黑里透红

红里泛白

千百次地梳妆

等待总要到来的夜晚

不再需要戒指

只要蓝色光环

像聊斋里的人物

齐聚假面舞会

绷着脸，瞪着大大的眼睛

手臂变得又细又白

对岸的身影

她在马路的对面
如同在河的对岸
我在此岸
她在彼岸

每次送我上车
隔着马路遥望
穿过湍急的车流
目光摆渡而来

远行是我宿命
是她给我指引
与孝无关
与爱有关

如今脚步滞重
越发不能走远
回家的意愿不由自主
时针半途而返

而时间，把河道
冲刷得越来越宽
对岸的身影
越来越远，越来越小

已如花香

已如花香

弥散在空气中

到处都能感受到你

看到你的幻影种种

伴随季候转移

你变身春夏秋冬

温度又把你

化作风霜雨雪

锁上我

把我锁进你的阴影

地铁隧道，连续的画面

闭上眼，全是梦境

列车一动

就感觉到你的心疼
曾经的奔波
都化作了轮转

漂移的房屋
漂流到青绿的山下
无数樱桃小口
早把大地亲吻一遍
你终于放下心
如放下一只锚
万物静默，不再沸腾
只有燕雀喃喃自语

月光中的记忆之马

月光多久没有
光顾我的床头
那定是你轻盈的脚步

离去已多年
今夜倚马而来
而我睡得如此甜蜜

今夜清高
不知是否有约定
互不相识的影子

每人重复一句
那些临终前的话语
还是让我不知所云

每句都有深意
告不告诉我命运
不管我信还是不信

唉！书页飘落
落在那一年的街巷
落满清辉

记忆之马
从月光中跑出来
成群地奔跑啊

一匹马向我跑来
其中的一匹马
离开了马群

旷野饱含月色
其中的一匹马
衔着一把口琴

身下的马为何如此滞重
想象中的马为何轻灵
人道记忆已如金

星光只在夜间闪现

有些人离开我们

不是像亲人离去，让我痛苦不已

也不是因为他们死去

让我感到兔死狐悲

他们只是从我视线中消失

不再被我想起而已

天空已是荡然无存

星光只在夜间闪现

或是以决绝的方式

或默默如一头老象知天命

或是乘桴浮于海

孤帆远影碧空尽

或是在幸福一隅

或已飘然仙去未可知

或还在灯火阑珊处

等待惊鸿一瞥

我也如此从中消失

芸芸众生如我一般

分离时候是庆幸

回想起来是心痛

墓园，调侃一下我们的慈父

我见到许多慈父

他们不约而同齐聚到此

用名字把石碑咬得凹凸不平

向右看齐，然后注视前方

慈母都姗姗来迟

找各种理由拖延时日

她们准备午饭

不用再想慈父爱吃什么

慈父在这里才显得慈祥

不再凶神恶煞，还说为了我好云云

别看他们一本正经，正襟危坐

或是高风亮节，死而后已

每一个慈父曾都是乖戾顽童

后来都刚愎自用

功败垂成因为刚愎自用

成功后更是刚愎自用

慈父走后

年轻的慈母可以改嫁

不用把自己提前刻在石头上

像在脸上刺上烙印

年长的慈母

开始享受自由的时光

女权运动终于胜利了

时间战胜了一切

一代宗师

终于不再诲人不倦

从牙缝里挤出

我们对慈父的敬意

慈父是被压垮的

因为贫穷，后来是责任和荣誉

既然已经可以解脱

为何还要背负一块石头？

慈母们还在菜市场转悠

像一群移动的石碑

她们的墓志铭

最好写上蔬菜品种和肉蛋价格

一九五八年鸡蛋八毛四分

二零一三年鸡蛋五元六角

柴鸡蛋每斤十六元八角

那时候下蛋的都是柴鸡

告别仪式

又一次聚会
是因为又一个人
想看一看我们
用闭上的眼睛

一个人死后被遗忘的速度
让人惊讶

一个人死了

到底会有几个人想他

这是个数学问题

还是心理学问题

他的儿子会想他吗

儿子大多说在嘴上

老公老婆大概会想上一段时间

狗甚至会为他绝食十日

情人肯定会哭的

然后长出了一口气

他认为最亲的

不是对他最亲的

父母肯定会想他

可是他们已经死了

爷爷奶奶会想他

他们死得更早

亲戚们参加完告别仪式

红着眼睛出来，各奔东西

只有他们中间再死一个

否则老死不相往来

比如说我姨

她死后还想念她的

确确实实只有我一个

而且也就是偶尔想那么一下

朋友本来就没有牵挂

同学都是遥远的记忆

可能在某次聚会时

说到某某已经死了

大家惊叹一声

此事就过去了

独裁者，人民恨不得他死

尽管他可能得到有组织的流泪

他遭到想起的次数最多

每次都伴随着唾弃

仁慈的君主

现在人们也不会指望他不死

如果过于粉饰

也会带来厌恶

诗人死了最舒坦

总是被人挂在嘴边

要是他没有佳作

被遗忘的速度比任何人都快

一种行为是，
为心爱的人提前买好墓地

就这样提前把你埋葬

可怜的人，你还没死哪！

他们要把你从房子里抓出去

像抓回一个逃犯

自诩风水大师

给你选好墓地

一处在青山绿水的地方

一处就是我的心

墓穴深到骨髓

工人在做最后的清理

好像帝王的陵寝

把一座山挖空

埋下的不是你的躯体

它终将灰飞烟灭

埋下也不是你的灵魂

它早已随风飘散

你随万物生长

让我触景生情

星光隐藏在天穹后面

只在思念中闪亮

时间开始追赶

现在你每一句话都像遗言

抽不动的马，趑趄不前

暗示前途已经有限

趁着乍暖还寒

把春天穿在身上

花萼紧紧包藏祸心

眼泪始终含在云里

钟声多少有些思念

风的核儿掉落一地

未经雕刻的石碑裸露山头

最终写上你的名字

长河两岸

一起涌向那条河

直到河边趴满了猴子

住在两岸的人

都已老态龙钟

在他们中间已经

没有年轻人

像猴子一样

趴在河边饮水

他们相信

这是一条长寿的河

早已忘了自己的年龄

以为生在民国初年

这条河就这么淌着
两边的猴子这么叫着
对着河水观照
照着照出人模样
河面上漂满面具
层层叠叠如枯叶

他们停止叫声
一个个沐猴而冠
望着河水，其中一个说
逝者如斯夫啊！
另一个跟着说
逝者已矣，生者如斯

我，栩栩如生

最后一程是免费的
既没有司机也没有乘客
空车慢而又慢
开过最后一个弯道
那个我走下来
仍然栩栩如生
打着黑伞
脚不落地

被上帝抽签抽中
是好运还是厄运？
一群小鬼掷骰子
让我选择生死
这里都是黑暗的眼睛

看一眼，给鬼神打上戳记

人生如同闪电过后

又重归黑暗

灵魂变成石头

无法离天堂更近一些

我已从痛苦中回来

在生死间游历一番

终于——发现——爱

如同存在一样存在

活着不是明天的事

活着就是活着的全部意义

这一生走到尽头

下面从哪里开始

如果有灵魂它会指引我

如果有情感它会帮助我

宁愿轻于鸿毛

和那些词一起飞扬

等待天空闪电

让灵魂附体

对岸的身影

昏昏欲睡

直到生命最后
才能把死亡唤来
当我离开世界的时候
心里充满忧伤
有一件风衣召我回家
它在衣橱纳言多时

同样的肉体
已是不同的感觉
曾经我身体的低洼处
正好被你填满

昏昏欲睡
一阵风从棋盘上掠过

034

打挂已久

棋盘上长满青草

我们就用身体冥想着

度过一生时光

一条锦鲤欲言又止

围着我游动

一群人围着我，他们围在一起

任人唯亲一般，指指点点

我的心碰到最近的一个

孙子，不是我的

最远的一个

妈妈说，那是皇帝

赤脚，在冰天雪地

看见红色的圣山

妈妈送给我的两只脚

走向沉沦的圣殿

妈妈她呢，还在树枝上

织一件毛衣

十九岁半，黄河之畔

妈妈送我远行

对岸的身影

●

如今我坐在高高山冈
用智慧的目光横扫一切
端起一本书，心想——
再过一天，我就圆满

空盒子
——四月一日写给自己

如果还有三百天

它就要在那里空等一年

春光又一次从

某一个角落流走

它还在等待

接收我的无形资产

我活着

是为了在这个盒子里

放进更多的东西

一些词

一串绳结

一本诗集

一个情人节

一朵空无的玫瑰

等我进去

那只燕子就可以出来

欢欢喜喜地叫着

雨季～雨季～

它为我筑好了窝巢

用的是青葱山水

影子被关在里面

我还留在外面

趴在盒子上

听里面的呼喊

在说，放了我～放了我～

告诉你一个秘密

绕着一座房屋行走

动作如同徘徊

一座慢慢变小的房子

灯光慢慢变暗

想到三十年后

想到三十年后

我也耄耋之年

把人行道踩得颤颤巍巍

被路人的目光遗弃

想保持风度

而不能

回想三十年前

灵魂在肉体上生长

有一株苗叫智慧

有一株苗叫爱情

一个严肃得像哲学家

一个疯癫得像诗人

如今三十年过去

灵魂还扎根在肉体上

思想茂密得

像一片原始森林

想到三十年后

它定是一片无本之木

死后千年不朽的

大概只有思想家

上帝只给诗人免死牌

让他久居心灵之所

还有一个三十年

我可以任选其一

那时

那时授受不亲
我用内心触摸你的身体
比现在用手抚摸你
更让我战栗

只会嘴上说好话
心里藏着邪念
不像现在，好话不再说
心里充满爱

那时有的是时光
每个人都像艺术家
踱着四方步
说话水磨腔

那时，火车像个大叔
干起活来不要命
从徐州开到杭州
好像从西汉到了东吴

那时，每个节日都是短暂的假释
累得像海狮躺在床上
它们晒太阳
我们晒灯光

那时，我在你体内游动
如同鸽子在你身体里飞
而今，在你住过的房子里
到处都是你的身影

今晚，心的方向是南

心的方向是南
售票的窗口让我不安
售票机激动地
吐出一张车票
像吐出一口血

心的方向在南
我坐上南下的列车
她就知道了
今天晚上
跟谁共进晚餐

我从来
不把要做的事告诉她

怕她等待，更怕她期待

每次坐在火车上

才告诉她我回来

我越来越老

也越来越脆弱

跟她一样，没事打个电话

她想想我，我想想她

都忍不住掉泪

我可没见过她流泪

我跟她一样，都是豁达的人

今晚，我的心在南方

火车把我变成幼儿

扑向她怀抱

一些影子和一些实体的聚会

我们聚会之时

就看见有一些影子

也在其中

常常独自在一个角落里

朝这边张望

似乎在参与我们的

谈话或是争论

在我们都不说话的时候

就是他们在说

我们年轻之时

就没见过这些影子

围绕周遭

甚至阳光都照不出

实体的阴影

而现在呢

影子比实体还多

似乎影子在和影子们对话

把我们晾在了一边

我还发现了

自己的影子

从我的身体分离出去

看到他跟影子们相谈甚欢

我跟实体面面相觑

最终是影子们

占据了实体的场所

我们一个个都

躲在角落里

今晨，又一只鸟飞走了

——悼牛汉

在我们这个时代

每个人，实在都不值一提

曾经的诗人，还能望星空

现在，星空在哪里

星星碾成粉末

还能照亮何人

没有英雄的时代

只能谈情说爱

趁着没有谈婚论嫁

趁她还不谙世故

在玻璃房子里

教她读书写字

而另外一些人
他们优良的秉性
胆小怕事，却装腔作势
卑躬屈膝，还自显高大
在善良人们的
宽厚之心上横冲直撞

一个清秀的人
变得无法辨认
自省是唯一的良药
等猜忌和野心从体内排出
快乐和梦想才会
重新滋养他们的肉体

为什么不提醒他们
把他们从黑暗的渊薮中救出
为什么要把嘴闭上
这嘴，吐出过多少美丽和谐的词汇
你是一块活化石
这个时代仅存的良心

今夜倚马而来

●

我非常想做这样一个人

自知很难

所以时常想一想你

如同抚摸一下自己的胸口

而今晨，灯塔倒了

黑暗瞬时涌进我心

等我再看你一眼

之后，你的肉体不复存在

我没有为你悲伤

你早已是一颗雄浑落日

老头，我以为你是不会死的如今

你栖息在一棵叫死亡的树上

一想起这老头

我就满心愉快

因为他死了

才证明他永远存在

星象转移

斗柄在天

又一只鸟飞走了

这一年，遇到太多的飞翔

多年以前，一个叫霞的女孩

写一只鸟又一只鸟

如今她的那只鸟

被关在笼子里

你这只鸟，如鲲鹏展翅

九万里，背负青天朝下看

在我坠落的时候

死死抱住一本诗集

它一定会带着我飞翔

背负人性光辉

一条越走越短的路

以前她不停地走路

路被她走得越来越短

天蒙蒙亮，我还在睡觉

她就提着篮子出门

穿过一条小巷，又走入另一条小巷

像去跟一个同伙接头

然后走进一个菜市场

像对暗号一样说话

（又来啦，今天早！

不早不早，今儿阴天。）

交了钱，借着拿菜

把情报换到自己手里

她的爹爹已经老态龙钟

在家里等着她回来侍候

她的姆妈在床上

咿咿呀呀说着胡话

日复一日地

像钟点一样到达指定位置

就有人说，看这个阿姨回来的时候

你就要上学去啦！

后来她住进老年公寓

把父母的照片挂在墙上

没有人需要她侍候了

也没有人侍候她

路越来越短

终于，她走不出那个院子

终于，她下不了楼

终于，连屋子也出不来

她回想一九三七年大撤退

跟着父母向后方转移

走过雁荡山，走过青田

从长沙大火到桂林山水

郭德洁骑在马上检阅学生军

让她好不羡慕

据说那些学生不堪一击

女生都被充当军妓

这一生就这么走过来的
终于止步在一张床前
温暖的阳光绕着日晷
日复一日地为她代步

对岸的身影
·

好大的雪

飞机起飞的时候
想到有关女人

飞机起飞的时候

就会想到若干女人

一个女人愿意同我一起坠落

一个女人不肯跟我这样下去

一个女人不置可否

一个女人视我荒唐

我爱过的女人

足以穿起一根珍珠项链

每一颗都不是唯一的一颗

每一颗都是珍藏

每一颗都是唯一的一颗

每一颗都是最爱

天天都在胡思乱想

是不是每个女人都可爱

只要你注意她

每个女人都有可爱之处

只要你爱她

每一个女人都可爱

有人喜欢窥探我的这点心思

我只好告诉他我就是这么想

我爱人我就告诉她

我爱女人我就告诉这个女人

我不爱她了也心存怜悯

但我要告诉她我已移情别恋

今夜倚马而来
·

对号入座

我们对号入座

让心情也有个座位

像个第三者

在隐秘之处瞭望

我坐在左边

你，坐在右边

因为太远了

一个山东，一个山西

天空潦草得

简直就像一幅油画

我们对号入座

让思想也有个座位

像个自闭症患者

在一边重复想说的话

我看着前边

你，看着右边

因为太近了

一只左手，一只右手

构成一个蛇图腾

在空中交尾

飞往海口的红眼航班

想你是今晚的主题

带着月光，带着目光

你是不是要站在望夫崖上

显得正式一些

你正在过一个十字路口

过了三分之一

又调头回来

我看到你，在过一个十字路口

好像要延误

说点好听的吧～

欲擒故纵

放你一马，还要回来

好
大
的
雪
●

登机了，快想我

马上起飞，再不想就来不及

我要关机了，看到你从床上蹦起来

关机，落下一摊阴影，像血

天马行空

思恋进入黑障

你手里拿着缰绳

一边骑着马一边看书

落地如同一声巨响

一开机，落在你的枝头

已是海口的月光

还是我的目光

好大的雪

她坐在我的座位上
望着窗外
望着我从雪中朝她走来
请她抬一抬腿
坐到我的座位上
这是三十年前的一个场景吗

在从前的座位上
等着她三十年后朝我走来
身上落着雪
带着芝兰之香
她问我，你在干什么
我说，我在写论文
我要毕业了
然后我去找你

那时，我心有旁骛

又去想我的诗句

想着想着，我要睡着了

梦见你妈妈在跟你爸爸做爱

然后外面下起雪来

落下一片奇妙

别瞎说好好听课

我还没有出生

我说，你要给我一个保证

让我能够找到你

我赶一辆马车来

接你，带上一群孩子

好大的雪

教室里传出小小鼾声

你趴在我的座位上

睡觉，嘴角流着口水

而我，在你的身旁写着论文

交完稿子我就要毕业啦

我叫醒你跟我走

用身体裹紧你

好大的雪啊！

那一定是一种奇妙的感觉

我心里总是想着你

一刻没有停过

在我听课的时候

你的妈妈还没怀上你

今夜雪花飘临

今夜，有贵人光顾

我生上火，让屋子尽量暖和

雪已经下了七天七夜

大雪封住了山口

我只能在屋子里等待

贵人到来，生活将会改变

大雪封住了道路

贵人仍然如期而至

随着一声马的嘶鸣

银铃响成一片

贵人骑在马上

巡视我的每一个细节

贵人披着雪袍
神话一般，从村外进来
若非我的前世姻缘

让我捂一捂她的手
在炕沿上侧坐
为我把杯换盏

贵人是只燕子
在屋檐下筑巢
盯着一本古文观止

它的叫声清凉油一般
抹在我的听觉上
让我听到天气转暖

贵人是蹒跚的老妇
雪地上她脚步轻盈
专程造访于此

趁着瞌睡走进记忆

在沙发上靠一靠

就过去一个世纪而我

越来越像老太爷了

在躺椅上闭目养神

顺便把人生回忆一遍

坐着睡不醒

喝剩的酒，在壶里迷糊

窗外，宇宙混沌如我

贵人是逝去的亲人

弥漫在天气里

感觉到，只是看不见

雪地上，燃着温暖的火苗

想她的时候，她就来

今夜她如雪花飘临

一个囫囵下午觉

一直睡到灿烂之处

醒来就闻到屋里又

有咖啡的香味

从镜子里飘出

咖啡本不是中国人的饮品

不过咖啡确实

有点像毒品

不喝也罢，闻闻也吧

闻到她的味道

闻到她背地里

与人约会，私订终身

方糖从记忆中递过来

搅浑一池春水

看着她拼命地吃着食物

感觉冬天就要来临

衔着树枝飞来飞去

在树上架起窝巢

而我仅仅这么睡着

一个囫囵的下午觉

梦见刚才那些场景

不经意间发现了秘密

不如伸头望一望窗外

从一本书里得知
你几日后就要造访
我这些年的身世

一切，跟从前一样
旅行，到处讲课，好为人师
从前用脚走，现在用心

挤在一条船上
一起到河的对岸
里程碑，看着就累

还用你的腔调与我辩论
最后都草草收场
声音恍如隔世

美丽无嗅无味

回忆让人心烦

不如伸头望一望窗外

天里面藏着飞鸟

数字落在手上

你注定要成全我

长夜有多长，短见有多短

长相思，也就是偶尔想一下

称一称，痛有多重

送你去非洲
——写给刘晶

送你去非洲

我在地球仪上找到非洲

然后我们就出发

开上我的撒哈拉送你到撒哈拉

送你到非洲

然后再开车去找你

趟过马塞马拉

穿过塞伦盖蒂

在乞力马扎罗脚下

扎起一个帐篷

你说那里蚊虫肆掠，疟疾丛生

再小心也躲不掉

我送你去非洲

非洲在哪里我哪里知道

离开北京我就踏上非洲路

下车我就踏上非洲大地

非洲多远我哪里知道

卫星定位结果锁定了你

找到你

我就找到非洲

下车你就烟消云散

我又要到处去找你

从刚果河到尼罗河

河岸上站满了黑丫头

中间那个白皮肤的女人

我以为那人就是你

你可是踩上非洲土地

皮肤就变黑?

像一只变色龙

你随情感而变化

我送你去非洲

开上我的牧马人到非洲去放马

在车上我就昏昏欲睡啦

（到非洲也不能醉驾）

睁开眼天就蓝了

睁开眼非洲就到了

睁开眼我看到角马一望无际

睁开眼你已不见踪影

我送你去非洲

你还没出发，我已经到达

开上我的撒哈拉送你到撒哈拉

开上我的牧马人到非洲去放马

骑在马上，
回望一九八六年何其遥远

一九八六年冬天

我走上南开大学的讲台

翻身，跨上一匹马

那时的我，好英俊啊!

背着一个破行囊

看上去好帅!

开始流浪

心里装着一个诗人

穿越一个十年

又一个十年

哦，一直有两个人

骑在我的马上

某天的夜晚

远远的一处亮着灯光

阴影下，一个女子久久等待

手里握着一卷诗书

那匹马在身下消失

我在那里一待十年

当我想要离开的时候

那匹马又出现

一颗野心终难圈养

自己又把自己放逐，此时

又有一个女子的幻影

在心中形成印象

一待又是十年

我的马放牧南山

吸收日月精华

咀嚼风霜雨露

而我，身体开始疲倦

心中落叶飘零

某日夜晚

我的马彻夜嘶鸣

一女子在马背上惊现

它的叫声始终只有我听见

我看见它穿过一座座山

越过一条条河

呼唤我的马回来

我已收集好体力行走

何况还有那位不速女子

在马背上对我顾盼

寻找一座无人的古城

一起统治十年

如今我目空一切

除了理想已无羁绊

回望一九八六年何其遥远

那块上马石隐隐可见

给我的马脱去缰绳

任由它把我带到何处

微信

你在写什么

微信

但你并不相信你写的东西

没有一个女人相信

如果你喜欢哪个女人

我去帮你得到她

但她不会爱上你

没有爱的人才会去爱

一部言情小说

胡扯爱情

（一个长长的通道

尽头是一面镜子）

我在找谁？

不知道

我在想什么?

不知道

我正在编造一个谎言

说你早已爱上我

那不是真的

但也不假

一个小小的谎言

会造成一个很大的疑问

我同情你

甚至有些理解你

但人只有对孩子

才始终不渝

没有比爱情更模糊

如同把模糊理论说清楚

这就是为什么

人们使用语义难定的词句

说明白了

反倒不好理解

脆弱是

产生爱的条件

等待机会出现

只需张网以待

可惜会写诗的人不多了
求爱方式已经古老
所以微信
是个很好的方式

行板，四分之四

往下看

天空遥不可及

往上看

四周遍布如此深井

所有物件

急速向远处退去

我的身体里

还装着一颗心呢

也在移出体外

向天空飘去

仰望星空

意义在哪里

一个活着的人
一个人活着

四月，春暖花开了
心里有点慌
把日子都装进了瓶子
放在窗台上观察
我是一个偶然
数年后与你相见
然后你就变成一幅画
挂到墙上

还夸夸其谈吗
还洗耳恭听吗

留声机放出马斯涅
听起来有点遗憾
清澈的分散和弦
行板，4/4
好像是叙述
好像在抒情

好
大
的
雪
·

十五年的微弱音响慢慢减退

春暖花开

身体的周围

都是细语

一对酷似我的眼睛

抚摸

皮肤上的急流

一对酷似我的眼睛

是指所有的

泪水漂起的

窗台上留下的注脚

从两腿间走出

你的牙

还紧紧咬着过去

直到把地砖

咬得残破不全

而我一如既往

加深你的疼痛

一对酷似我的眼睛

始终都像一条鱼

始终都像一条鱼

不同的名字

发出海豚一样的叫声

始终都伴随着我

总是微微出汗

泪流在水里

我们总要回归到

女人身边吧

就像回到诗的本身

一群鱼围绕着我

深蓝色的穹谷

群星闪烁

我用什么包裹你

我用什么包裹你
你需要不是金钱
更不需要爱情

一朵正在凋谢的花
昔日的烈焰红唇更加
让人怜惜
让我怜惜

诗人就是矫情

向前移小步
人生一大步

在我生命中

你将意义非凡

我的散漫的生活

爨底下

爨底下
挂满明朝屋瓦
七九八
挂满了眼睛
宛平九号
挂满大红灯笼
簋街
挂满麻小
三里屯出来的人
身上挂满酒瓶
工人体育场
挂满傻波依
老外胳膊上
挂满中国娇娘

北京音乐厅上空
挂满小提琴

要说我心里
还是挂满了你

大海和蓝天

我的根在山东
荣成的一个渔村
我爷爷闯关东
被他老乡谋财害命
我奶奶改嫁
有了后来的爷爷
我不记得见过他们
始终影影绰绰
我只记得老家面朝大海
被蓝天覆盖

他们早都死了
交代我爸，骨灰都不要
所以我爸交代我

以后他的骨灰也不要领取

我跟我女儿说

不要保留我的骨灰

世界就简单了

只剩下大海和蓝天

不过我还有机会

成为一个优秀的诗人

当火焰和烈酒把我收取后

还会在读者心里留驻

比起他们我还境界不够

牵挂要多一些

总想有一根缆绳

把我拴在海边

一颗心

安置在蓝天深处

子非鱼

一个算命的人
像算命一样看着鱼游
越来越真诚
越来越不可信
甜蜜的话都说给鱼听了
秘密的话都说给鱼听了

想说的话都说给鱼听
子非鱼，安知鱼不知
一千个巫婆念念有词
同时猜中我的心事

歌声如水
鱼音袅袅

颜体心得

盛唐美女，丰腴雄浑
大唐男儿，莫非颜鲁公？

黄土帚扫墙习字
眼看高悬之鹄的
如何齐于古人
终得攻书之妙
形神兼具，外圆内方
求字内精微，得字外磅礴
笔势雄伟，状如宫殿
结体宽博，耀其精神

工学，掌三更灯火
领悟，求形顾簇新

098

似出于一时意兴

似出于无所用心

见公主担夫争路

而察笔法之意

见公孙大娘舞剑

而得落笔神韵

蚕头燕尾，竖粗横细

中宫宽绰，四周形密

直画蓄势成弓弩

钩捺挑剔出尖峰

折笔提笔关节暗转

竭笔牵带历历可见

墨枯停顿，多所变化

篆籀圆转，一气呵成

及至小人，斯道大丧

法度严峻，涤荡巧佞之气

士，不可以不弘毅

一管微秃之笔，传达盛唐之音

不以重心攲侧取势，投机取巧

不以左紧右松取妍，正面示人

不以疏宕取秀逸，坐怀不乱

中锋运行，如大军行进

有法可循，元气淋漓

心手两忘，真妙于此

从心所欲，不逾矩

大丈夫，颜鲁公是也

餐桌上的哲学题

盘子里盛着四只包子

我们仨盯着它们

是昨晚打包回来的

当作今天的早餐

我对女儿说，你吃其中的三个

然后对妻子说，你吃其中的两个

女儿笑了，说，你吃其中的几个？

妻子说，这是个哲学问题

我说，我吃你们其中的一个

世界的难题就解决了

哲学是一道数学题

有的时候是脑筋急转弯

有的时候，怎么也想不透

就叫作猜想

钢笔小记

从前

一只仙鹤收回翅膀

落在诗人的手上

让他舔它的羽毛

他是拜伦吗

把诗句藏在蓄水管里

海明威每天早上起来

喝一杯茶或咖啡

然后把他虚构的世界

记录在纸上

液体的思想

（歌德如是说）

流畅的身段

一段凝结的乐句

一个微小的蓄水池

让人想象大海

荣辱成败的见证者

堪比一艘巨舰（哦，密苏里！）

记录一场战争的结束

和平却未来临（哦，铁幕！）

记录冷战开始

大国博弈，钩心斗角

一念之差，让它变身导弹

在天空飞去来

政治家们！

（勃涅日涅夫、尼克松，戈尔巴乔夫、

里根，普京、奥巴马）

你们有责任把导弹

重新变为一支钢笔

让竖井里，机翼下，舰载垂直发射管里

移动发射车上，潜艇发射仓内

的所有导弹

都变成手中的笔

让推进器里的液体燃料

重新灌注诗人的血液

只有顽逆如小布什

把钢笔当导弹摆弄

还有人使用钢笔吗

书桌上风吹草低，沙沙作响

计较一个词的得失

唤起思考和想象

你推月下门

我敲月下门

牙齿小记

我是动物界脊索动物门

哺乳纲中灵长目

我是人科动物人属中的智人

我有两套牙齿

一套乳牙

它们长出如混沌初开

一朵浪花后面

紧跟着一排浪花

等到换上恒牙

我面露狰狞

跟我的祖先一样大快朵颐

撕裂、磨碎世界

今夜倚马而来

●

从前，我是兽中之王
坐在高高山坡俯瞰草原
检阅角马的队伍
嘴里充满血腥

动物的牙没有改变
如今它们软弱无能
人的牙磨平了
他们变得残忍

撕咬对方的方式
早已不用牙齿

我是人科人属智人种
制造新的牙齿如制造工具
从前是刀斧
后来是枪炮
现在是核弹和导弹
将来是网络和基因
我们讲的是雅言
牙髓里灌满了毒液

我的美丽的女医生

你心地善良但不要手软啊

用你纤纤细指

切断嗜血的神经

我已无可救药

我们将被自己咬死

我的美丽的女医生

你纯洁无瑕可不要手软啊

拔掉喷射仇恨的毒牙

连同竖井里的导弹一起拔掉

磨碎腐蚀人性的龋齿

连同深海里的潜艇一起凿沉

把海留给鲨鱼和鲸

把天空还给鹰和鸽子

我的散漫的生活

是啊，何不如此生活

早上，当然要睡一个回笼觉

用刀片，片鸭一般

把脸刮得像一面镜子

再用剪刀，把下巴上的

灌木丛修葺整齐

如果外面正有一场雨

淅淅沥沥正好点缀心情

昨晚，一首诗刚写了一句

一条蛇蜷伏心头

电动牙刷嘟嘟嘟响

跟汽车发动的声音一模一样

黄油，把面包抹出秋天的颜色

缩微一个奥维尔麦田

风景扑面而来

各色果酱涂满画板

一顿早餐吃得像作品

每天照此临摹一番

终于要出门了，不是去上班

出了门，不知道东南西北

去书店吧，反正不去王府井

万圣书苑，有个座位等我

一杯醒客咖啡

以至于让我如梦方醒

思想家坐得跟我一样笔直

不时对我醍醐灌顶

诗人则躲在我的胡子里

亢奋，打情骂俏

一本书独自咀嚼时光

日子破碎一般完整

某日，漫长的，
我的尊享午餐

一盘凉菜

孤零零

在意念之中

一碗鸡汤

清淡得好像没有鸡

只有一声鸡鸣

就让我鲜成一团

在我嘴中放生过

几头牛

多少只羊

吐出几亩稻田

鱼群绕着回字砚

在笔下游走

主菜是一个故事

十五年后才上来

用心切开

带着丝丝血迹

细嚼慢咽

嚼出荒唐味道

咽下去

终究成心事

从时光

切下一片青柠

倒立在酒杯上

吻过的嘴唇

此时还

贴在挂钟表面

喂！服务生

他吹着笛子走过来

我的甜品上

有两只

黑樱桃般的眼睛

写作的生活

坐在一个场景

置身另一个场景

直到坐成一只猴子

坐成一个作家

永远都在重复一个动作

写一写，然后涂掉

写作是，让声音都休息

静默如一具灵柩

只听见皇帝吹着口哨

在院子里走来走去

那些词如同接龙

在手中翻弄

那些句子如同代码

充满隐喻和暗示

让人意想不到

让自己也意想不到

今晚，还要写作吗

一个不同床的借口

把大脑撕成一页页

把挣钱，当作男人的一部分

我没法不想那故事

是我生命一部分的那个故事

哪怕飞机坠落

也不能停止构思

用我自己的情感

抄袭上帝的思想

我有了上帝一样的蓝眼睛

上帝在我身上显灵

读者模仿我的故事生活

他们的故事却想让我讲

我再次进入内心

背出他们的包袱

不知道身在何处
不知道时间经过
文字破坏一切
把我变成两半
我爱文字
胜过给我灵感的女人

这就是写作的生活
我的生活

不在现场

不在现场
但我什么都知道
一道闪电
和一个橘子
一个坐在直背椅上
一个卧在沙发里

吃了尸体，牙是蓝的
喝了牛奶，血是红的
看一看他们的脸
吸一口血钻进血管
就知道明天
又有人中了谣言

证人证言

在梦中反复显现

半夜一声鸡叫

告诉所有晨色都掺了假

有感知的影像

恢复现场情景

我早已回到身体里面

或是远到一个叫日本的地方

永远不在现场

就永远不用作证

就永远高高在上

像一只风鸡

站在月台上
看高铁通过不停车

子弹穿过身体

大概就是这种情形

那我就敞开胸膛

任它一次次射击

一次一次穿透

穿透女人身体

大概也是这种情形

她伸展如月台

紧盯着高铁车头

被一次次穿透

夜里想起宋江

猫，用我们的语言叫

猫，从外面回来

用怜悯的眼光看着我

叫了一声，又叫一声

安静下来，安静下去

看我若无其事的样子

它也就若无其事

像个什么分子

在外面传递消息

它们看到的，说不出

我们说的，不是看到的

它们心不对口

我们口不对心

它们看到了灾难

告诉我，可我们不信

我们只听新闻

看微博里的鼓噪

说遥远的地方地震了

说你们的心正在腐烂

牙齿正在脱落

像山体松动

我们说的

自己都不信，让别人信

它才不管你呢

悠闲地，在屋里转来转去

不用捕食

不再捕捉带鼠疫的老鼠

不吃生的鱼

不为生活发愁

吃小灶睡暖被

撒娇耍脾气

偶尔透露点天机

信不信由你

有没有"国际社会"

话说世界上

一旦有坏事发生

国际社会就行动起来

报纸电视连篇累牍

朝鲜又发导弹了

伊朗的铀又浓缩了

埃及军人罢免总统了

叙利亚杀害平民了

美国干了坏事

国际社会就没招儿

他在布雷顿森林开个会

说美元不叫美元叫美金

可以永远用三十五块

换一盎司的金币
然后就用他印的绿钞纸
换他想要的任何东西
后来绿纸成了金圆券
差一点就当手纸了
总统到电视上露一露面
就说不换了

因为美国是大哥
兄弟都要听他的
哪个弟兄不听话
大哥就给他颜色
比如在一个什么广场
把日本"国际"了一下
又指使一个流氓
把英镑操得稀烂

小国就不要说了
经常要被"国际社会"
不叫大哥的
不知哪天就摊上事儿
做掉米洛舍维奇，欧洲统一了

今夜倚马而来
·

124

做掉卡扎菲，非洲没事了

不过，萨达姆做掉了，中东尚未搞定

本·拉登做掉了，南亚还没摆平

曾经纠集十五个弟兄

跟中国大打出手

幸好二哥暗中相助

最终做了个平局

（总统忽悠说不是平局

是伟大的胜利）

可惜二哥雄风不再

看那顽逆撕毁中导协议无奈何

普总统每晚都做大国梦

走路都学彼得大帝的姿势

想当年风光太无限

太守归而宾客从也

如今中国坐上老二

国际社会能把他怎样

说他烧煤烧多了

说他人民币定价定低了

说他军费给冒了

说他壁垒筑高了

不过老二尚未坐稳

还要继续玩弄韬光养晦

签个啥全面合作伙伴

搞个啥战略经济对话

小国不操心

死心跟着大哥混

大国自己就是国际社会

随时可以"国际"别人

国际社会这么个东西

你说它是啥都行

国际社会这么个东西

它说你是啥都行

并购协议

那些心血对我不重要

书架上的灰土让我看到岁月

还有那些创业故事

都是失败注释

不是一头雄狮咬死另一头雄狮

是对食物和繁衍的贪欲

臣服一头母狮

留下自己的血脉

其人其物的花花肠子要特别注意

护犊本能使其无法跟你同心

所以必须把它一节节剪掉

用的就是控股这把剪子

要把猫狗联合在一起

如同风马牛不相及

看起来它们长得相似

实际分别不同的属种

肾移植还要双方自愿

或者说，并购方愿意

被并购方出于活命的本能

要表现出是自愿的

但表情痛苦

甚至带有神经质倾向

签字那一刻

感觉身首异处

并购者此时

满足感和同情心一并生发

两枝怪异的玫瑰

一枝庆生，一枝祭奠

媒妁之言还是一见钟情

总之把一个女人领进家门

这时才想起小学课本里

农夫与蛇的故事

多大的历史都可以

缩微到戏剧当中

帷幄之中品茶论道

铁蹄早已踏破河山

历史没有和平共处

写的都是城头变幻大王旗

如今一纸并购协议

复现当年城下之盟

我是北京人

我是不是应该庆幸

我恰巧出生在北京

大学毕业分配到北京工作

女儿落地也成了北京人

（不是周口店的北京人

而是户口本上的北京人）

我的同胞不幸

他出生在一个穷僻山村

生下来三十天内

钉马掌一样，被打上标签

户口本上写着农村户籍

明明白白就被打入另册

他不得随便到北京来

进北京就要办理暂住证

这个不是东西的东西告诉他

到了时间即须离开

他到北京工作

就叫作农民工

他到北京无所事事

就叫作盲流

他在北京生了孩子

不能跟我女儿一样成为北京人

还得回到那个穷乡僻壤

（恐怕此生不会回去）

把根埋在那里

让枝叶铺满京城

他要在北京上学

得给皇城根的懒散爷们交一笔钱

到了考大学的年龄

还进不得北京的考场

他想成为北京人

要他的人事单位说了不算

还要北京的一个机关准予迁入

（基本不予批准）

还要山村的一个机关准予迁出

（万一这厮今后成名，岂不人才流

失？）

于是他的躯壳在北京飘着

（俗称北漂）

灵魂在山沟沟里潜伏

直到魂归故里

方才合二为一

（美誉落叶归根）

我学习《户口登记条例》

突然发觉自己身处牢笼

无比巨大的一个牢笼

装着十三万万五千万囚徒

这条例与我年龄相仿

五十五年，给多少人判了无期！

从国家主席，到政府总理

都曾在田间地头眺望北京

无一例外，无非分成

牢头狱霸和囚犯而已

132

我庆幸我是北京人

我为我的幸运难过

因为生下来的时候，竟也不知

自己是一个人还是猪狗不如

我终于羡慕江湖上的候鸟

羡慕塞拉盖地草原的角马

（不用上户口

只用脚和翅膀投票）

逐水草而居

顺天时而动

孔雀东南飞

鸿雁北归还

夜里想起宋江

宋江是个好人吧

多少小儿梦想

当一把宋江

聚一帮弟兄

拉一个山头

说是劫富济贫

其实打家劫舍

人来留宿

酒食自取

人走不送

一群没家的人

走投无路

聚义成帮

等到天子招安

好不欢喜

带弟兄走个正道

管他千年唾骂

想想那时真爽

横眉怒目

揭竿而起

现在造反哪有那么容易

再说

也没有宋江那样的人

那种义气

推衣衣我，推食食我

那种胆魄

弃官为寇，扎寨为营

那种谋略

又想篡位，还要不露

那种决断

胸藏万物，拨乱反正

哪里还有绿林好汉

再说

宋江也不是什么好鸟

一个个沐猴而冠

褪尽英雄本色

一个个低头认罪

只求免除一死

当今小儿

无人可以模仿

同唱一首歌

操

冠军之心
——写给 S·C·S

只要踏上它

就是一条冠军路

此行我为胜利而来

从来没有离胜利如此之近

只需扣动扳机

胜利如同猎物

跟韩非子调侃一下守株待兔

君君臣臣，都在等待

享受一个人的劳动成果

而

胜利转瞬即逝

如同灾星陨落

胜利是我一生宿命

将星云集

我并不出众

但我苦苦寻觅取胜之道

肃肃宵征，夙夜在公

胜利是一种习惯

只藏在我的内心

每一次夺冠积蓄的能量

高高悬于头顶

把所有对手打回原形

只有我人神兼具

没有一片树叶相同

胜利一样不可复制

把每一个灵感

都锻炼成利剑

惋惜别人的牺牲

欣赏自己的伤口

今夜倚马而来

绝不把自己当作祭品

牺牲只是一种偶然

胜利是我快乐的使命

胜利不是我的墓志铭

我渴望胜利

如同渴望美酒和女人

胜利者眼中，每一面旗帜，每一扇窗

都会创造不同

拥有一颗冠军之心

我将有如神助

我的胜利不在眼前

而是永无休止

假如所有的事都正确

假如所有的事都正确

是一件可怕的事

我们会达到什么高度

会不会吓死自己

从不走弯路，那条路直得可怕

大路朝天，直接通到天堂

速度，像甩干机

把我们都甩出地球

高度，像蚂蚱

一蹦我们就魔幻般消失

数学题都被演算

密码都被破译

人不分男女，三系杂交

每一个受体都找到配型

男人都成了皇帝

不止长命百岁，都万岁万岁万万岁

不是三妻四妾而是三宫六院

总之要被抽干精液

所有罪行都被揭露

不会再有犯罪动机

所有思想都被侦破

人类一思考上帝就发笑

找到密钥的人

先把自己变成数字

假如所有的事都正确

世界就剩下伟人和疯子

伟大得像一幅画

世世代代挂在城头

深沉像宇宙黑洞

日日夜夜吞噬恒星

假如所有的事都正确

我们就在正确的道路上越走越远

前所未有地自信

并且只相信自己

一眼望去都是对的，一眼望去

草原上迷乱的斑马

昨夜我梦见伟人

昨天夜里我梦见伟人

他们跟我坐在一个炕上

生火取暖

一个伟人拼命抽烟

一根接着一根

一个伟人得了绝症

叮嘱我不要告诉别人

免得世界惊诧

他说还有不少事要做

不能躺倒

不能无休止地检查

等所有事情完成

生命不足为惜

第三个伟人不说话

跟在两个伟人后面

好像心事重重

影子始终模糊

他们好像注意到外面的事情

说，又拿下一个

拿下什么我想问

他们并不回答

好像隔着时空

是拿下一座城市

还是拿下一条苍龙？

那时的伟人伟大到平凡

把自己的命也交给命

他们创造史诗

像悲剧里的人物

现在的伟人都不那么伟大

他们那些事我也能做

听他们说

治大国如烹小鲜

我就想说

烹小鲜如治大国

烹小鲜如

烹小鲜～

不祥之器

早晨

从猫的眼睛里看到恐惧

它打碎了不祥之器

战争已经临近

战争

是人的生态

人有优劣之分

如器有轻重

有人在食物链顶端

可以随意发动战争

有的人被捕食

每天都有一劫

动物使自己强壮

逃过食肉者追捕

人变得强悍

就遭来横祸

战争

是富国正常的营生

因此战争定期而至

与和平交换座椅

战争

是文明人的手艺

让人死得尊严因为

那是上帝的惩罚

于是他们

从陆地圈到海底

圈到外空

还要圈到人心

用围剿土著人的办法

封杀一个国家

屈服就死心

不屈就死人

十次梦到打仗

醒来一次成真

战争离我很远

却离人类很近

从模糊理论联想到"暧昧"

六点钟

是黄昏还是傍晚

太阳即将落山的时候

是白天还是晚上

尽管天还敞亮，已是六点钟了

算不算是傍晚

如果阴云密布

天一点也不黄

到了六点钟

叫不叫黄昏

一颗石子不叫石堆

一百颗石子可以叫石堆

如果十颗石子呢

能不能叫石堆

十五颗呢

能不能叫石堆

十八颗呢，十九颗呢

从多少颗算起

从三十万种馆藏中

若想找出一本好书

这算是一件难事

还是唾手可得

十万种书从来无人借阅

五千种被翻破书皮

这五千种都是好书吗抑或

十万种里没有一本好书

总之，它不像"高"那样

让人一目了然

一米八，让人看得见

一米九，显得突出

两米，鹤立鸡群

但说到水平呢

谁高谁低
文人总是相轻

这首诗我看懂了
你能说出写的是啥意思
说没看懂的那个人
你以为他真没看懂
于是我们就用"大概"
（"大概"是看懂了）
或是用"基本"
（"基本"上没看懂）
这就是大概看懂的人
给基本没看懂的人
讲授的
一部诗歌发展史

最后说到暧昧
也是一个模糊的概念
在我们的周遭
暧昧无所不在
亚当和夏娃暧昧得很
以至于被喻成原罪

夜里想起宋江
•

观音更是暧昧得

分不清男女

一首情诗所表达的

是赞美还是情欲

有时寒冷，有时温暖

我们始终生活在两者之间的某一天

当我们使用正义、幸福、美丽

这些词汇

不要望文生义

否则将有暴力伴生

绝对精确会让人发疯的

不如暧昧一点

更近似是一种美德

离目标更近

拱北海关出入境大厅
即刻抒情

无数条管道

把这些人输入澳门

外国人好像上水

走外国人专用通道

港澳居民好像中水

他们自助通关

下水是中国内地居民

必须耐心等待

出一道关进一道关

内地警察澳门警察各看一遍

我就挤在这个下水道里

由于淤塞通过缓慢

不幸我还带着骄傲的老婆

（不叫老婆还能叫什么）

我想这不是自己国家吗

怎么会——让我置身如此肮脏之地

我在明尼阿波利斯

也有相同的经历

美国人走便捷通道

在自己国家享受外交礼遇

他们不用按手印

没人敢数他们身上的钞票

我们无限沮丧地

看那些肥胖的燕子轻盈地飞去

我们这些可怜的外国人

又被驱入下水道

摇滚的小巷

魔鬼的手指

火焰般的手指

划一下，地狱的门就打开

吮吸你的指尖

收留我的灵魂

魔鬼指使它

从泥土里钻出来

指认清晰后

在我身上划出甜蜜的伤口

摸一摸火光

摸一摸整条街道

寒冰和篝火

爱的感觉竟是如此

进入潜意识和梦境

梦到性爱场面

年老的王子发现它时

早已魂飞魄散

竖在嘴唇上

所有都成了秘密

琥珀细如弯月

藏住所有骨节

键盘上的响声

如散乱的马蹄

经过的道路

都锈迹斑斑

肖尔布拉克

肖尔布拉克的酒
肖尔布拉克的黑山头
在肖尔布拉克醉上一夜
几百公里不发愁

肖尔布拉克
早已没有了酒
肖尔布拉克啊
如今只有黑山头
肖尔布拉克的酒
藏在云朵里
多看几眼就醉
再看就不想走

外面来的人

只记得肖尔布拉克

是个产酒的地方

记得肖尔布拉克

是因为它的酒

叫肖尔布拉克

肖尔布拉克的酒

肖尔布拉克的黑山头

深蓝

你是深蓝吗？

潜伏者，潜伏在

天空

海洋

早晨，灰白，祈祷的颜色

夜，另存为黑色

从门缝钻进来

说一声晚安

注定不能接近

那是第二个天空

脱离了爱情的，想象的天空

有星星做了记号

只有张望

比深蓝要蓝的围场

里面

母马和随地乱扔的诗集

空无的玫瑰

盛开在深蓝之上

早已无人浇灌

只好用酒浇灌

剩下浑身的刺

对着天敌

望呀，望

只望见一朵乌云

透明的手指，冬天的短裙，迷惑的笑

空无之蓝

把手放进大海

摸到了脉搏

把手伸进天空

摸到心跳

今夜倚马而来

走向霍城

连霍高速上的

一个缺口

车缓缓从此流出

路牌如敖包

指引我走向霍城

霍城未见城

走向霍城的路上

乌云团团围困

保卫霍城的兵勇

手中紧握玉米

霍城不迎客

冬天冰雪堵塞道路

夏日用水冲垮

霍城是想象中的城

只有绿树和天空

霍城不留宿

想在那里过夜

就只有风餐露宿

它收集各种云朵

在天边晾晒

雨披着乌云

傍晚准时抵达

而我却无从抵达这秘境

是否如有人说

只有找到一条心路？

摇滚的小巷

如今这小巷不复存在

连同她，都存储到另一个空间

每一张脸谱都成了善本

在蓝色、缥缈中的巷子

我，从一本书里得到消息

几日后她就要造访我的来世

带着月亮的光芒，月亮的，月亮的光芒

含着眼泪的窗户

弄堂里的风走成回字形

吆喝声从生到死

在谁家院子里摘下的花枝

插在梳妆台上

好像不曾离开过

一切都跟从前一样

如同我要把四合院装修得

跟从前一样

带着月亮的光芒，月亮的，月亮的光芒

含着眼泪的窗户

伸出头望一望窗外

时光就会回来

我把头伸到窗外

记忆就弯成一道彩虹

只要下雨，撑伞的声音响成一片

那些人走路都像跳舞

每天，鸟都准时来到屋顶

八卦谁家有人结婚，谁家死了人

一条短短的巷子

发生的事我都知道

谁家今天吃肉大家都知道

谁家姑娘吃了亏大家都知道

路是没有尽头的，总有人停下脚步

世界是没有尽头的，走一圈还会回来

我总是回头张望

看到她还站在路边

等我转一圈回来

她还在眺望我的背影

每晚我都梦见未来

没有一次梦见她

那月亮的光芒，月亮的，月亮的光芒

含着眼泪的窗户

观象台

乳牙星星般

在夜空闪闪发光

海狮的幼仔们

躺在贝壳里吮吸月色

穿透云层后

巨乳悬挂于头顶

咬紧牙关

只听哎哟一声

168

天空

为什么天叫天空

天为什么不叫天

空，是天的形状

天空了，叫天空

瓶子空了叫瓶子

没有酒，叫酒杯

待开的花不是花

飘散了的是花香

迷人黑金花

石缝里的蝴蝶

从石缝中飞出

金色蝴蝶

漫天飞舞

从何而来

金色的翅膀

抖落

地质年代的花粉

知道爱了要死

就为了爱死去

铭刻在石头上

让谁知晓

我们何尝不是

从蝴蝶演化而来

你以为你

是猴子变的吗

内敛

沉睡的光芒

在坚硬中

表现得最柔软

记着最后一个月亮的颜色

一瞬间

（几百万年）

世界为我铸成

黑暗海底

永恒的浪花

再过一万万年

又有何妨

哦，在黑暗的海底

期待不被发现

切割

抛光

显露迷人之爱

透着一点忧伤

从石缝中倾巢出动

无边无际的飞翔

沿一根天降之绳

集体交尾

那是一个意象吧

从心头吹落

金色的

雪

罂粟

这些虚幻种子

十年未见它发芽

被脑浆包裹的

美丽无辜的祸心

而一声唏嘘

从土里伸出一根根手指

一个个幻象和一个个

不是幻象的存在

膨胀或者说作怪

挤满大脑，这些种子

从开始就疼痛

带着青蓝色火焰

只有这些种子闪烁

让黑暗更黑暗

火与酒组合的身段

在风中摇摆

从开始就不幸

带着美丽的骄傲

来自于思想，而幸福感

来自疼痛间歇

一滴水

一滴水

在思想里

不时会嘀地响一下

把黑色砸出一个小洞

由此看世界

晦暗不明

嘀的一下

掉落一个消息

嘀的一下

出现一个宇宙图形

嘀一下
一声鸟叫，从胸口钻出去
灵感在椅子上
聚精会神

嘀的一下
一朵花骤然开放

一个思想出现
将要改变历史
一个婴儿突然诞生
将去主导世界

嘀的一下
思想滴入水中
迅速扩散

一年有半

一对灰色眼睛
半明半暗地

葡萄晶体
是否聚合成像
再近一点
或是再远一点

挂在树梢之上
一年有半

被看上一眼
如同被引用一次
直到眼窝空空
半衰期来临

书与马的意象

翻开的书和

一群马

组合成

奔跑的意象

草场茂盛如赋

如歌

——在

返回马厩的途中

偶尔才有

一声嘶鸣

建水小调

西庄坝子一窝雀
一飞飞到岩子角
机舱里的一窝雀
一飞飞到哪里去

晴天做个窝窝
下雨天好躲躲
天上做个窝窝
今夜我要躲躲

要落要落它不落
不落不落又要落
要落要落在心头
不落不落在枝头

尼基点儿，尼基点儿

男欢女爱这么点事儿

尼基点儿，尼基点儿

古往今来这么点事儿

机舱里的一只雀

今夜飞到哪里去

不落不落又要落

要落要落它不落

尼基点儿，尼基点儿

尼基尼基点儿

尼基点儿，尼基点儿

尼基尼基点儿

给女儿一幅油画准备的素材

白葡萄酒把她的小腿
从容地伸进冰筒

眼镜躲在苹果里面
仔细察看一条果虫

叫花鸡在转盘上巡视一遍
然后四分五裂

水一直喝到皮肤下面
诗人在我的身体中

歌手对着空无的大厅
唱遍一个、又一个角落

还有一个叫孟明的人
把自己藏在策兰身后